LE BOURGMESTRE VAN X...

LE BOURGMESTRE VAN X...

PREMIÈRE PARTIE.

Une petite ville de la province de Liége (vous me permettrez de taire son nom) possédait un bourgmestre, vrai chef-d'œuvre du genre.

Beau cavalier, pardieu ! On ne pouvait dire de lui que sa mère

> Afin qu'il fut mieux fait l'avait fait tout petit.

Svelte, la tête correcte, son nez effilé et ses narrines entr'ouvertes accusaient un tempérament rempli de promesses scrupuleusement tenues, disaient les dames du pays.

Vous n'êtes point sans connaître les divisions qui séparent en Belgique les libéraux des catholiques. Notre bourgmestre, van X..., qui n'est point un sot, de bonne

heure flaira le vent. Il se dit que le succès était le but
de la vie ; que les préjugés n'étaient bons à rien, et au
plus vite il jeta cette défroque aux orties.

Tout bien pesé, tout bien réfléchi, il prit parti pour
les catholiques. Si l'Eglise gagna un ardent partisan,
le monde (on dit même le *demi*) n'y perdit rien. C'était
un peu un Giboyer de bon ton, un de ces figurants de
l'Opéra, chantres le matin et huguenots le soir. Enfin
Dieu, qui n'abandonne jamais les siens, prit soin de lui
confier un poste important dans une administration. Il
allait ainsi, travaillant saintement pour l'Eglise, c'est-
à-dire pour lui-même, l'un de ses enfants les plus
chers. Quoi qu'il en soit, un beau jour éclate tout-à-
coup cette nouvelle : Van X... est bourgmestre ! Nul
n'en croyait ses oreilles.

Vous le savez, il est bien difficile d'être prophète
dans son pays, mais il est bien plus difficile encore de
faire taire les mauvaises langues.

On se disait qu'un marchand de vin se garderait bien
de mettre sur son enseigne : *Vin frelaté*, pourquoi donc
l'administration n'agissait-elle pas de même ? Il eût
pour lui, avouons-le, le monde des indulgents et ces
beautés dodues, sœurs jumelles, mais peu repentantes
de la Madéleine de Rubens.

Tout alla bien d'abord, mais produire toujours des
fleurs déplut à ce... Giboyer. Imagination pleine de

feu, il avait rêvé dans son ardent patriotisme, comme autrefois Néron, de laisser à ses administrés une ville de marbre. Il ne pouvait, malheureusement, agir seul, comme lui ! Une forte résistance l'arrêta. Colère, menaces, rien n'y fit. Il ne se contint plus et jura de briser ces obstacles ridicules qui s'appellent la raison et la loi. *Le faire attendre, lui !* c'était une plaisanterie inepte. Le prenait-on pour un de ses *clients ?*

Ceux en qui les habitants avaient mis leur confiance (je parle des échevins) durent céder. La main de Dieu n'était-elle pas là ? Ils se retirèrent en protestant par ces seuls mots : *Vous êtes orfèvre, M. Josse !*

La révocation des échevins fut pour le bourgmestre le plus beau jour de sa vie. Le soir venu, Van X*** se tint ce raisonnement : « C'est bien beau, la satisfaction morale. Mais puisqu'on dit que l'homme est double, ma foi ! ne négligeons pas la *bête.* » Il y avait à cette époque, sur les bords de la Meuse, une maison... comment dirais-je... Pour ne pas être *schoking,* mettons *nécessaire.* Cette maison était le séjour (je regrette ici de ne pouvoir parler latin, ce serait le cas) de Grâces très-indulgentes. C'est là que Van X*** dépouillait chaque soir son caractère de magistrat et laissait à la porte ses croyances de la journée ; il redevenait un simple mortel. Vous connaissez ces tempéraments flamands, tempéraments de haute graisse, aimant le positif et le solide. Ce fut donc à la grande liesse des Grâces susdites qu'un souper succulent fut improvisé. Inutile de dire que le faubourg Saint-Germain ou la pruderie anglaise n'avaient rien à démêler avec la conversation de M. le bourgmestre. C'était une véritable kermesse.

Van X***, redevenu homme, a, comme nous tous, ses moments de faiblesse (c'est tendresse qu'il faut lire). A certaine heure, on eût pu le surprendre rééditant pour la millième fois la fable antique d'Hercule filant aux pieds d'Omphale.

Mais, vous le savez, rien n'est parfait en ce bas-monde, et il n'est si bon vin sans lie. Les épanchements de M. le bourgmestre furent interrompus brusquement par l'arrivée de certains importuns, qui croyaient naïvement qu'une maison *nécessaire*, puisqu'elle est *nécessaire*, ne saurait être réservée pour quelques-uns. Vertement repoussés, nos trouble-fête s'entêtèrent et entreprirent le siège régulier de la citadelle.

O Muse qui inspira la *Batrachomyomachie*, donne-moi des accents à la hauteur de ce sujet éminemment épique ! Mais non, j'y renonce ; on m'accuserait de faire une conférence, et je connais ce genre de torture. Qu'il vous suffise de savoir qu'il y eut entre assiégeants et assiégés échange complet de mauvais procédés. Attaque à coups de pierres d'un côté ; riposte à coups d'assiettes de l'autre. En fin de compte, bris de

toutes les vitres. Et voilà pourquoi, pendant quelques
jours, les vitriers de ***** furent sur les dents.

Vous me demandez si les vitriers furent heureux !
Mais comme saint Paul, ravis au septième ciel, Monsieur (si je dis septième, c'est pour me conformer à
l'usage, car j'ignore entièrement pourquoi saint-Paul a
choisi ce chiffre plutôt qu'un autre). Comme en toutes
choses de ce bas-monde, la joie des vitriers eut un re_
poussoir. Je veux dire l'air penaud de ces jeunes Fla
mands, à qui les juges de Liége (car il y a des juges à
Liége, tout aussi équitables qu'ailleurs) allongèrent une
bonne condamnation.

Eh ! mon Dieu, vous serez de mon avis, c'était jus-
tice.

Je m'en rapporte simplement aux conclusions des
magistrats liégeois. Je tiens maintenant pour absolument apocryphe le récit qui m'a été transmis. Est-il
possible que M. le bourgmestre, dont la réputation est
suffisamment établie à cet égard, se soit compromis
dans un *necessary-house*, aux bords de la Meuse ? Non,
non ! M. le bourgmestre, j'en ai aujourd'hui la pleine
conviction, est comme la femme de César, il ne *doit pas
même être soupçonné*. Et, d'ailleurs, quel mal à cela ?
M. le bourgmestre a tant de qualités !... On disait autrefois à ceux qui réclamaient contre les abus de l'an-
cien régime : *La reine est si bonne !*

Nous pouvons affirmer à notre tour que M. Van X*** *est si bon !* Je vous avoue, pour ma part, que si j'eusse été échevin dans la petite ville de ****, je n'aurais pas hésité à provoquer une souscription publique pour offrir à M. le bourgmestre une masse incalculable de douzaines de mouchoirs, ornés de vraies malines, afin qu'il pût tous les soirs, comme Sa Hautesse, en jeter un nouveau à la femme de sa fantaisie. Il serait devenu plus vite ainsi le véritable père de ses administrés.

Cependant, comme dit M. de Camor, tant que l'homme tiendra de la femme il aura des défaillances. M. le bourgmestre n'était pas invulnérable (je ne fais aucune allusion au talon d'Achille). Il se réjouit, dit-on, d'une condamnation qui le vengeait des blessures occasionnées par l'un de ces vauriens flamands, blessure qui le frappait dans ses affections… du moment. Après tout, la vengeance est le plaisir des dieux. Et M. Van X*** souverain dans sa bonne ville de ****, disait volontiers : « L'Etat, c'est moi ! » Et vous savez que la divinité a seule le pouvoir de s'incarner dans une collectivité.

J'ai parlé de l'impartialité des juges liégeois. Je leur dois pourtant un reproche. Ils osèrent un jour blâmer et condamner M. le bourgmestre à propos de je ne sais quelle questions d'affaires. Vrai Dieu ! Messieurs, vous vous êtes montrés par trop sévères ! Ignorez-vous que les hautes régions qui servent de parquet habituel au cerveau de M. le bourgmestre ne lui permettent pas de descendre jusqu'à nos mesquineries légales ? La belle affaire, que M. Van X*** n'ait pu représenter, à propos d'une réclamation, ni titres sonnants, ni titres écrits !... Quand on est bourgmestre et Van X***, ces détails sont absolument oiseux.

Comme il arrive toujours dans une petite ville, les joyeusetés rabelaisiennes de M. le bourgmestre, ne restèrent pas sous le boisseau. Les commères prirent langue à ce sujet ; estaminets et brasseries n'eurent d'autre thème de conversation ; le domino languit ; Angélique et Pallas eurent beau faire les doux yeux, ce fut peine perdue. Van X*** comprit aisément qu'à cette manière d'être de l'esprit public il fallait un dérivatif. L'occasion s'offrit d'elle-même. Les ultramontains belges sont presque aussi ridicules que l'espèce française de même nuance. Témoin ce monsieur qui, je ne sais plus à quel congrès catholique (les congrès remplacent aujourd'hui agréablement les pèlerinages), s'est écrié dans un accès de lyrisme : « Plus de ménagements ! plus » d'hésitations, plus de scrupules ! Arborons franche- » ment notre drapeau, le drapeau du *Syllabus* ! » M. Prud'homme eût-il mieux dit ?

Quoi qu'il en soit, on s'aperçut qu'on n'avait pas rendu un hommage assez éclatant à la plus belle invention du dix-neuvième siècle. Je ne parle pas ici de l'application de la vapeur ni du télégraphe électrique, c'est du dogme de l'Immaculée-Conception qu'il s'agit. J'avoue ne pas comprendre cet étrange accouplement de mots qui, au point de vue physiologique, jurent comme des damnés.

On voulut réparer cette faute, et, quoique le *Syllabus* ne fut pas alors inventé, ne pas s'exposer à l'anathème.

On décida l'érection d'une colonne monumentale, ornée de l'image vénérée de la Vierge immaculée. Je renonce à vous décrire ici les splendeurs du cortége chargé d'accompagner la madone à son nouveau domicile ; la foule des blanches Agnès, aussi naïve qu'elle, et pour qui cet obscur mystère était limpide comme l'eau des sources. J'en suis sûr, chacune de ces jeunes filles croyait encore à la vieille histoire de l'oreille et de la feuille de chou ! Chants, musique, bannières aux mille couleurs, tout s'effaça tout à coup devant cet immense cri : « M. le bourgmestre ! M. le bourgmestre !... » C'était bien lui, grave et austère, soutenant de son épaule forte, le bras d'une civière à clous dorés, sur laquelle s'élevait la statue de la Vierge. On ne dit pas si le bourgmestre était pieds nus. Mais je vous le jure, Grassot ne parut jamais plus imposant.

La gent féminine ne put contenir son enthousiasme, et M. le bourgmestre se vit couvrir de fleurs, tout comme un saint-sacrement. Les libéraux jugèrent, au contraire, que c'était là une joyeuse comédie, que Van X*** songeait peut-être en ce moment qu'il avait promis un chignon nouveau modèle à mademoiselle Z***, et qu'il se souciait autant de l'Immaculée-Conception qu'un lièvre d'une paire de gants. Au fond, peu lui importait, l'effet était produit, la *rentrée*, activement *chauffée*, avait été une ovation. Il se vit dès ce moment inondé de la confiance de l'ordre moral de cette époque et de l'immense sympathie de la fraction catholique. Et le soir, en regagnant la jolie maison des bords de la Meuse, on l'entendit répéter en se frottant les mains : « Pas si bête, M. le bourgmestre, pas si bête! »

M. le bourgmestre, je vous l'ai dit, était avant tout l'homme des contrastes. Il avait fait de sa vie deux parts. L'une, la partie austère et ennuyeuse, qu'il jetait à la foule des badauds, et l'autre légère et joyeuse, qu'il dépensait sans compter en compagnie de quelques amis intimes. On avait surnommé ce groupe charmant la *société des pieds sous la table*. Eh mon Dieu ! c'est là un simple trait de mœurs nationales, et l'école flamande n'en est qu'une adorable traduction. Les grands verres où coule la bière mousseuse, le bruit des brocs luisants, les robustes baisers sur les joues sonores des blondes filles ; les Teniers, les Brenghel, n'ont-ils pas reproduit cent fois des scènes semblables ? Je vous disais donc que M. le bourgmestre aimait les contrastes.

De même qu'il avait festoyé à l'occasion de son premier triomphe, il voulut, cette fois, se délasser quelques jours de la contrainte qu'il s'était imposée, d'étendre un peu ses muscles et reposer son visage de la pression du masque. Ce fut, cette fois, dans la grasse campagne de Flandre qu'il alla déposer ses ennuis. M. le Bourgmestre partit en chasse. Van X*** a deux qualités ou deux défauts, à votre gré ; il hait la solitude et adore les souvenirs mythologiques. La première ou le premier fit qu'il ne voulut pas partir seul ; la seconde ou le second lui remit en l'esprit l'image charmante de Diane chasseresse. Son plan fut dès lors arrêté.

Le départ de M. le bourgmestre jeta un trouble profond dans la *Société des pieds sous la table.* Ses amis n'étaient plus que des élégies ambulantes. Orphée pleurant Eurydice n'offrait rien de plus navrant. On parlait de suicide après boire, et l'un d'eux poussa le désespoir, dit-on, jusqu'à accepter un bureau de tabac. Je m'explique en partie cette résolution funeste. Vous savez combien est affreux le tabac belge. La douleur avait sans doute déterminé chez ce Pylade de notre Oreste, une haine profonde pour l'humanité. Dans cet état d'esprit, il dut probablement méditer d'empoisonner le plus de monde possible. Je vous donne mon interprétation pour ce qu'elle vaut.

Cependant M. le bourgmestre, ses préparatifs terminés, quitta la ville. Il n'avait pas les goûts vulgaires. Inutile de dire que toutes ses dispositions étaient prises; que ses armes étaient du meilleur modèle et son costume du meilleur goût. Sous l'impression des souvenirs mythologiques, sous l'influence de son tempérament, et peut-être aussi sous le coup de ces faiblesses du cœur dont ne sont pas exempts les grands hommes, même de la force de M. le bourgmestre, il ne put se décider à partir seul.

J'ai dit que Van X*** était du meilleur goût. Vous devinez aisément que la Diane choisie pour dissiper aux joyeux rayons de sa gaîté les ennuis imprévus de M. le bourgmestre était, comme on dit dans un certain monde, *à la hauteur.* Grâce à elle il savait que, quelque maléchance qui l'eût poursuivi, quelque ensorcelé que fût son tir, il ne reviendrait jamais bredouille.

C'était, d'ailleurs, une chasseresse charmante, ni petite ni grande, ni blonde ni brune, une de ces natures qui tiennent de la chatte pour les caresses, de la chèvre pour les caprices, et savent comme elle, à un moment donné, jouer des cornes. Une ressemblance de plus avec la déesse antique c'est que, dit-on, comme elle, *elle avait horreur de l'hymen* (voir M. Guigniaut, *Religions de l'antiquité*). On ajoutait même, pour compléter la comparaison, qu'elle avait changé plus d'un

Actéon en cerf. Sa bonté naturelle l'avait seule empêchée de les faire dévorer par ses chiens.

Sous les auspices de Diane, la chasse de M. le bourg-mestre fut des plus heureuses, et les lièvres nombreux qu'il abattit trouvés excellents.

L'absence de Van X*** se prolongeait, et l'inquiétude grandissait tous les jours dans la petite ville de........ La Meuse elle-même faillit grossir sous les pleurs que versait la jolie petite maison, coquettement assise sur ces bords.

Un jour, enfin, arrive un messager. M. le bourgmes-tre n'avait point voulu prolonger l'impatience de.... ses sujets.

On le fête, on le choie, on l'entoure ; il devient, en un instant, le centre d'un cercle où dominait, est-il besoin de le dire ? la moins laide partie de l'humanité.

— Et M. le bourgmestre, criaient cinquante voix à la fois.

— Le bourgmestre ? il se porte à merveille ; il a le teint frais et la bouche rose ! et chaque soir, en sortant de table, nous avons quelque peine à le reconduire chez lui.

— Le pauvre homme !

— C'est qu'à vrai dire, notre bourgmestre à nous est si heureux d'avoir un tel convive ! Pour l'avoir près de lui, il n'est rien qui puisse lui coûter ! Il était l'autre jour, pris d'un grand dégoût et ne touchait à rien.

— Et le bourgmestre ?

Il soupa tout son saoûl et mangea deux perdrix à lui tout seul.

— Le pauvre homme !

— Notre bourgmestre ne put fermer l'œil de la nuit.

— Et M. Van X*** ?

— Il passa une nuit des plus agréables.

— Le pauvre homme !

Le pauvre homme s'arracha violemment aux délices sans nombre où le plongeaient l'oubli des affaires, M. le bourgmestre goutteux, les lièvres et les perdreaux, et surtout l'adorable Diane. L'anniversaire de la révolution belge approchait, et Van X***, *sauveur* tout comme un autre, ne voulait point laisser échapper l'occasion d'exercer cette industrie, si profitable en ces derniers temps. Il fit son entrée dans sa bonne ville, la nuit, à grand fracas de grelots et de clic-clac retentissants.

Je ne vous apprends rien de neuf en vous disant que, si la logique s'exilait de la terre, ce n'est pas chez les gouvernements actuels qu'on la retrouverait. Le gouvernement belge obéissait tout comme un autre à ce qu'il regardait comme une condition *sine quâ non* de son existence, c'est-à-dire que lui, gouvernement sorti de la révolution, s'opposait à la célébration de son anniversaire. A vrai dire, il se souciait du gouvernement comme du bouchon de sa dernière bouteille de champagne ; mais, profondément versé dans la comédie humaine, il savait qu'à ce rôle de *sauveur*, il ne courait que le danger de se voir l'objet des faveurs de l'autorité — tout le péril dans ce cas est pour les *sauvés*. — Malgré sa bonne volonté, Van X*** ne *sauva* rien du tout. Pas la moindre manifestation à réprimer ; pas le moindre ivrogne à mettre au poste. Mais la providence veillait sur lui.

Les lauriers cueillis par l'un de ses administrés l'empêchaient de dormir. C'était un aimable droguiste qui, dans sa modeste profession avait, paraît-il, rendu des services importants à Kalakama, roi de Hawaï. Celui-ci, par un décret daté de sa capitale Honolulu, nomma l'honorable marchand de drogues officier des ordres de la *Carotte évanouie* et du *Haricot en colère*.

Un mois après, sur de nouveaux services sans doute, il est promu grand'cordon des mêmes ordres. Le bruit courait partout que Sa Hautesse le sultan, vivement émue au récit des hauts faits de notre droguiste, se proposait de l'élever à la dignité de pacha à trois queues. On attend avec la plus vive anxiété le décret impérial.

M. le bourgmestre ne pouvait sérieusement rester dans une infériorité blessante vis-à-vis de l'un de ses... sujets.

Le ciel eut pitié du désespoir de M. le bourgmestre et résolut d'exaucer ses vœux.

Or, voici ce qu'il advint.

Pour punir sans doute le libéralisme de la province de Liége, il ouvrit un jour ses *cataractes* (vieux style) et la Meuse et l'Ourthe inondèrent le pays. Bon ! se dit Van X***, je tiens mon affaire, et j'aurai bien du malheur si je ne décroche cette fois l'ordre de Léopold. Et voilà notre nouveau Jason s'élançant à la conquête de la Toison d'or. Il prodigue ses exploits. Je ne saurais vous en donner qu'une très-vague idée. Par exemple, il passe et repasse les ponts à dix mètres au-dessus du niveau de l'eau, requiert voitures publiques et embarcations, et, comme Louis XIV, se *plaint de sa grandeur qui l'attache au rivage*. M. le bourgmestre ne se contente pas, dans son zèle, de sauver son petit royaume, où ne se produisit aucun accident bien grave, il poussa le dévouement jusqu'à monter en voiture et aller déjeûner dans un bourg voisin. Mais hélas ! malgré tant d'héroïsme, le rêve caressé de Van X*** menaçait de s'évanouir. L'un des échevins avait mis, lui, aux yeux de toute la population, *la main à la pâte*. Il parut vraisemblable que la boutonnière de M. le bourgmestre resterait veuve pour cette fois. Après quelques années, cette grave affaire n'est pas encore vidée.

Mais Van X*** est l'homme fort d'Horace. Et d'ailleurs

2

ne lui restait-il pas une consolation suprême? La jolie
petite maison n'était-elle pas toujours là, épargnée par
la Meuse, avec ses éclats de rire et ses détonations de
champagne?

N'y devait-il pas retrouver ses chaudes pantoufles et
sa robe de chambre moëlleuse? N'était-il pas toujours
le pacha à un nombre de queues indéterminé?...

Van X***, le soir même, arracha quelques chignons,
cassa sa canne sur le dos de quelques amoureuses à
l'heure et fut consolé.

Ces divers exercices n'étaient pas le seul soulagement
à la viduité de sa boutonnière. M. le bourgmestre
n'aimait pas seulement l'*art plastique*; le théâtre avait
pour lui un charme inexprimable.

La petite ville de..... avait, tout comme une autre,
sa petite salle de spectacle. Les prédécesseurs de Van
X***, cuistres et lésineurs, avaient laissé paisiblement
les rats dévorer le papier et les banquettes, et permis
aux champignons d'élire domicile sur les peintures.
M. le bourgmestre se mit à l'œuvre, et en un tour de
main le théâtre de..... se trouva tout de neuf habillé.
Mais ce n'était pas tout. Ces mêmes prédécesseurs s'é-
taient arrogés des droits, avaient pris des privautés
déplaisantes à la foule (*vulgum pecus*!), enfin s'étaient,
dans la salle, mis à l'aise tout comme chez eux. M. le
bourgmestre, plein de désintéressement et du senti-

ment des convenances, se hâta de changer tout cela.
Un règlement fut affiché dans tous les carrefours. Vous
pourrez, par quelques extraits, juger du grand caractère de Van X*** :

« M. le bourgmestre ne fera point meubler luxueu-
sement sa loge aux frais de la commune.

» M. le bourgmestre s'interdit absolument le droit,
pour lui et ses successeurs, de faire construire auprès
de la loge municipale un boudoir communiquant avec
elle et ayant vue sur la scène.

» M. le bourgmestre renonce au privilége de pro-
mener Sa Grandeur dans les coulisses ; de passer une
main protectrice sous le menton des jeunes rats et autres ravissantes pensionnaires du théâtre, etc., etc. »

Vous voyez que Van X*** était entièrement détaché
des honneurs.

Vous verrez que cette vertu trouva sa récompense.

Croyez-moi, si M. le bourgmestre Van X*** avait
sur la scène, je veux dire dans l'exercice de ses fonctions, l'air d'un homme qui a avalé une hallebarbe,
s'il montait sur ses grands chevaux et prenait volontiers
le ton d'un troisième rôle, une fois dans la coulisse il
redevenait lui-même, doux, paterne, au demeurant le
meilleur fils du monde. Pas fier surtout, tendant la
main au premier venu, ne regardant pas de trop près
au choix de ses compagnons de folie, comprenant la

parfaite égalité, sachant qu'il n'est point de sot métier, que tous les hommes se valent, et n'établissant aucune différence entre la brosse d'un palefrenier et les gants parfumés d'un gentilhomme. Mais Van X*** avait avant tout l'amour, que dis-je, l'amour? la monomanie de l'*ordre*, comme on dit en France au siècle des Buffet et des Ducros. Au reste, il l'avait bien prouvé dans la gestion des affaires qui lui étaient confiées par l'administration financière à laquelle il appartenait, il savait que rien ne vaut *l'œil du maître, qu'on n'est jamais mieux servi que par soi-même.* Et puis c'était chose absolument inhérente à sa nature ; de même que Dandin voulait juger sans cesse, M. le bourgmestre entendait mettre la main à la pâte et faire la police. Quoi qu'il en fût, M. le bourgmestre avait d'ailleurs ce coup d'œil d'aigle, cette infaillibilité papale inaccessible à l'erreur. Citons un seul fait. C'était un soir, un homme d'une condition aisée se présente à la porte d'un de ces marchands de *gin*, si nombreux en Belgique. Le malheureux était atteint d'une sorte de tremblement nerveux qui agitait le chapeau qu'il tenait en ce moment entre ses mains. Tout à coup, il sent une main vigoureuse se poser sur son épaule et entend une voix (la voix de troisième rôle) dire brusquement : « La mendicité est interdite ! » L'homme en question n'eut point de peine à prouver qu'il ne *mendiait point*, et dans sa colère renvoie à son auteur l'apostrophe gendarmesque. Le caractère conciliant de Van X*** reprend aussitôt le dessus, et il n'est point d'excuses qu'il s'empressât de présenter au mendiant imaginaire. Vous le voyez, M. le bourgmestre était bon diable et absolument infaillible.

Tous ses actes partaient assurément d'un excellent naturel. Il était si bon qu'il étendait même sa protection sur les êtres qui n'ont qu'un rapport fort éloigné avec l'espèce humaine. M. le bourgmestre était sans doute élève de Pythagore. Il s'était dit qu'en vertu de la métempsycose l'enveloppe d'un chien pouvait bien renfermer l'âme d'un *diletiante ;* puis il se souvenait peut-être de la fable antique d'Orphée et du rôle de la musique dans la civilisation. Quoi qu'il en soit, on assure qu'il amenait, tous les soirs, ses chiens baillier aux trille de la *prima donna* et pousser des hurlements plaintifs sur les malheurs de la jeune première. Ce n'était pas tout, comme les chiens de nos amis sont les amis de nos chiens, il invitait la troupe canine à venir prendre sa part de nos régals artistiques. Après ça, c'était peut-être une nouvelle claque que M. le bourg-mestre voulait inaugurer.

Mais il est un point sur lequel Van X*** ne pouvait entendre raillerie. C'est la discussion de son importante personnalité. Un bourgmestre de ses voisins avait osé tacher d'un point noir ineffaçable l'horizon tout doré de M. le bourgmestre. Celui-ci ne put, comme autrefois Calypso au départ d'Ulysse, se consoler de son commencement de *soulèvement de voile*. La vérité est sans doute, pour certaines gens, un aliment d'une digestion difficile, *duræ coctionis*, comme disait Rabelais. Il se souvint qu'en pays belge les fonctionnaires peuvent être jugés par leurs pairs — une sorte de chambre de prud'hommes. — Il se hâta de traduire ce confrère audacieux devant cette assemblée. Le bourgmestre inculpé en fit autant de son côté. On ne m'a point encore communiqué les décisions qui furent prises par les divers juges, mais j'infère des indiscrétions amicales commises en ma faveur, que l'étoile de M. Van X*** commençait à pâlir. Son Waterloo approchait ; le vide se faisait autour de lui, et, moins heureux que le Lépreux nul ne venait lui tendre la main.

Ce qui constituait l'originalité de M. le bourgmestre, c'est que son esprit éminemment pratique n'excluait pas une certaine *poésie*. On disait bien dans le monde (mais le monde est si méchant !) que Van X*** était ce que l'on appelle aujourd'hui *carré* avec les femmes ; que les sérénades sous le balcon et le cortège des fadaises amoureuses n'étaient nullement son fait. Comme César, ses expéditions galantes pouvaient se raconter en trois mots : *venir, voir, vaincre.* Ce n'était là, je le répète, que propos d'un certain monde, à coup sûr envieux et jaloux. Quoi qu'il en soit, M. le bourgmestre aimait, à certains moments, courir l'aventure et ne dédaignait pas l'intrigue galante.

Vous me demanderez peut-être ce qu'en pensait l'aimable Diane ? Je pourrais vous répondre qu'elle ne m'a pas transmis ses confidences, et puis, ma foi ! si la constance était le moindre défaut de Van X***, je suis porté à croire que la chère enfant penchait fortement pour le système des compensations.

On jouait ce soir-là je ne sais quel opéra. Est-ce l'effet de la musique ou celui d'une imagination ardente à ses heures ? Je ne saurais le dire, mais M. le bourgmestre se sentit pris d'une vraie fantaisie de pacha.

Je ne sais ce qu'il advint, mais *elle* se trouva tout à coup assise sur le divan du boudoir. Inutile de vous dire qu'il s'agit de la *fantaisie* en jupes de M. le bourgmestre.

Vous voyez d'ici le ravissant spectacle. Le ténor soupire sur la scène et le Roméo municipal baise la main de Juliette. Au fait, amour et musique vont si bien ensemble ! Sous le charme des mélodies vaporeuses, dans le tourbillon harmonieux qui les enveloppait, aux douces émanations d'un délicieux bouquet, *ce qu'ils se dirent,*

Le calice des fleurs, les roses l'entendirent.

Ce que je puis assurer, c'est que le rideau baissait

sur la scène et que dans la loge... au contraire.

Puisque j'en étais à égrener sous vos yeux le chapelet des aimables qualités de Van X***, autant poursuivre cette opération.

Il avait, entre toutes, un tact et une délicatesse exquis.

Savoir donner est un talent rare. Il est une manière de payer certains services qui n'est pas à la portée du premier venu, et M. le bourgmestre, croyez-moi, n'était pas le premier venu. Payer une *fantaisie*, c'était juste, et le vieux dicton affirme que c'est la *chose* qui se paie le plus chèrement. Mais comment s'y prendre? Van X*** pouvait avoir affaire à l'une de ces natures d'hermine que la moindre éclaboussure fait frissonner. Le cas eût été embarrassant pour tout autre, mais pour M. le bourgmestre!... Van X*** se souvint que le pied est une des beautés primordiales de la femme, qu'un petit pied annonce bien d'autres charmes, et il se rappela enfin, sans doute, le conte de Cendrillon. En vrai prince Charmant, il se dit le fameux : *J'ai trouvé!* Van X*** se décida pour une paire de chaussures. Mais, vous le savez, la chaussure de la femme est, à notre époque, un véritable Protée, elle prend mille formes. Bottes, bottines, brodequins, escarpins, souliers, pantoufles, etc. M. le bourgmestre choisit une paire de mignonnes sandales. Remarquez l'intention. Les sandales, plus que

toute autre chaussure, laissent le pied à découvert, et
n'était-ce pas une sorte de bouquet à Chloris, un ma-
drigal en lisière (car les sandales étaient en lisière) que
ce choix plein de goût ? N'était-ce pas dire à l'aimable
fantaisie : Votre pied est charmant et, en vrai Grec que
je suis, instinctivement porté vers l'art, je ne voudrais
à aucun prix priver la foule de voir votre cou ou coup
de pied (puisqu'on dit les deux). Et puis c'était une
économie, et l'économie, vous le savez, est la vertu des
bons époux et des bons pères de famille et M. le bourgmestre était l'un et l'autre. Cendrillon *fut à la hauteur*,
Van X*** fut compris.

Une autre qualité du héros de cette petite histoire,
c'est la sensibilité.

Vous n'imaginez pas ce que l'œil sévère de M. le
bourgmestre contenait de glandes lacrymales. Il avait,
ceci n'est pas nouveau pour nous, toujours vécu dans
la crainte de Dieu et l'amour du clergé. Lors de sa
nomination aux fonctions de bourgmestre, son premier
soin fut de rendre grâce au ciel et d'en aviser un sien
parent ayant une certaine situation dans l'ordre ecclé-
siastique. Le parent en soutane ne manqua pas, ainsi
que l'ordonnait son devoir de père spirituel (?), d'adres-
ser à Van X*** les exhortations les plus ferventes. Que
fit M. le bourgmestre ? Il se hâta d'appeler auprès de
lui, qui donc ? Ses amis ? Nullement, ses ennemis politi-

ques les plus accentués, et là, au milieu des sanglots et des larmes, il lut d'une voix brisée le *mandement* du révérend père.

A plus tard le récit de la scène pathétique. Mais c'est égal, je ne m'explique pas qu'on puisse se plaindre que les comédiens s'en vont.

Je laisse donc M. le bourgmestre rentrer ses larmes précieuses. Vous n'y perdrez pas gros, car je veux vous conter une petite histoire qui ne manque pas de gaîté.

Nous étions presque à la veille du jour des morts. Van X*** cherchait-il à chasser le souvenir de cette fête pleine de tristesse ? Voulait-il au contraire, se préparer à la célébration à la manière antique, en *festinant?* Je ne sais, mais M. le bourgmestre, en nombreuse et joyeuse compagnie, se rendit cette nuit-là à la chère petite maison.

Notons que, malgré sa qualité de Belge, Van X*** n'avait en rien le tempérament calme des paisibles Flamands.

Il était né pour vivre sur les rives du Gange, au milieu des almées et des bayadères, dont les longs yeux attendent avec anxiété le mouchoir du maître. Le feu de dix cœurs ne saurait effrayer M. le bourgmestre.

On sert le champagne traditionnel ; tout est joie et liesse. L'esprit pétille à l'égal du moët. J'en ai pour preuve le mot plein de sel décoché au héros de la fête,

on l'appela *marchand d'allumettes*. Pourquoi ? me direz-
vous. Il y a là deux explications plausibles. C'est une
allusion à l'incandescence toujours renaissante du cœur
de Van X***, ou bien on a voulu désigner par là un
homme dont la *marchandise ne prend pas*. Si quelqu'un
de nos lecteurs trouve le mot de la charade, qu'il veuille
bien en faire part à l'*Union républicaine.*

Vous le voyez, tout allait au mieux. Mais M. le bourgmestre avait compté sans cette vilaine chose que Bossuet
appelle quelque part la *mère des meurtres*. Vous avez
deviné qu'il s'agit de la *jalousie*.

Van X*** égrenait en ce moment son vocabulaire ra-
belaisien, quand la porte s'ouvre tout à coup sous l'ef-
fort d'une main crispée, et une avalanche d'épithètes
emprun ées à la *société* de saint Antoine ou à la famille
des poissons vient s'abattre sur la tête olympienne de
M. le bourgmestre. Tel qu'Orphée près d'être déchiré
par les bacchantes, le teint de Van X*** passe par toutes
les couleurs du prisme. Sous l'effet de la colère, et
peut-être aussi du champagne, M. le bourgmestre, d'un
vigoureux revers de main, fait sauter le chignon de
l'insolente, et d'un non moins vigoureux coup de
poing l'envoie rouler sur le parquet.

Ah ! quelle scène !... comme dit Figaro.

L'éloquence de la timide nymphe était peut-être jus-
tifiée par l'infidélité récente du pacha. Quoi qu'il en

soit, elle était là, gisante, dans le costume d'Eve avant sa conversation avec le serpent, pâle, inanimée, les traits contractés comme l'image de la douleur. A quelques pas, M. le bourgmestre se démène, tempête, gesticule, jure, donne enfin un libre cours à sa colère.

On dut transporter dans son lit la trop sensible blessée. Que de réflexions, empreintes de la plus profonde philosophie, dut inspirer au non moins sensible boxeur cette couche, naguère nid charmant des amours, aujourd'hui triste autel de la souffrance !

Mais c'est là la vie ; elle est toute faite d'antithèses. Les pleurs y coudoient l'éclat de rire, le coup de poing y succède au baiser.

Ce ne fut plus que tristesse.

L'humanité et la générosité naturelles de M. le bourgmestre lui firent un devoir de réparer, autant qu'il était possible, sa *légère distraction*. Un médecin fut envoyé, et Van X*** s'engagea à solder tous les frais nécessités par la situation de l'intéressante malade.

Van X*** promena quelques instants sa douleur sur les bords de la Meuse, et courut bientôt, pour oublier sans doute, reprendre ses fuseaux aux pieds de sa chère Omphale.

Avez-vous lu Rocambole ? Non. Je l'espérais ainsi de votre bon sens. Eh bien ! ni moi non plus. Mais on m'assure que ce personnage reparaît toujours quand on

le croit mort ; c'est un Lazare indéfini. M. le bourgmestre
a quelque chose de ce héros éternel. Au moment où l'on
croit n'avoir plus à s'occuper de lui ; quand on espère le
voir tranquillement poursuivre son petit train-train ;
qu'on a fait avec lui toutes les stations habituelles et pra-
tiqué ce chemin qu'il compte bien être celui de la croix (de
Léopold Ier), bon ! voilà, comme une tuile qui vous
tombe, une aventure nouvelle dont on me transmet le
récit. Je ne puis pourtant pas en priver mes lecteurs.
Mais, pour peu que M. le bourgmestre y mette du sien,
son histoire fournira la longueur d'un nouveau *Roland
furieux*. Je regrette de ne pas être un Arioste.

Je vous ai raconté ailleurs les désastres causés dans
la province par la Meuse et par l'Ourthe. Vous savez
aussi de quel dévouement Van X*** fit preuve en cette
circonstance, et quelle déception fut la sienne en cons-
tatant que son nom ne figurait pas parmi les *élus*. « Ma
» foi, se dit-il, les traits d'union ne sont bons à rien ;
» le proverbe a raison : On n'est jamais mieux servi
» que par soi-même ; écoutons le proverbe.... » Il décida donc de se rendre à Bruxelles. Le prétexte de son
voyage sembla naître de lui-même ; il jouait de bon-
heur. N'oublions pas que Van X*** était bourgmestre,
il est vrai, mais qu'il était aussi homme d'affaires ; je
crois même homme d'affaires d'abord et bourgmestre
ensuite.

Il s'agissait d'une réparation d'utilité locale. Les échevins qu'il avait fièrement écartés, et avec raison (pourquoi donc ces indiscrets lisaient-ils si bien dans son jeu ?) croyaient naïvement devoir agir dans le seul intérêt public. Mais, comme Sganarelle, M. le bourgmestre avait changé tout cela. L'intérêt public était mal porté. C'était un préjugé du dernier ridicule. D'ailleurs, il ne s'agissait pas d'avoir raison en cette affaire ; *tel était son bon plaisir*, argument sans réplique, même à notre époque.

La distance de son pachalik à Bruxelles n'est pas grande, mais les chemins de fer mettent en pratique, à moins de titres spéciaux, l'égalité devant le guichet. Les bourgmestres y sont encore soumis comme les vils citoyens. Et puis Bruxelles a des filles si plantureuses, des cartes si bien glacées ; il pouvait, inconnu dans la foule, y jeter facilement par dessus les moulins son austérité de commande.

Pour tous, comme pour un bourgmestre, arrive toujours le quart d'heure de Rabelais. Délier la bourse des autres au lieu de la sienne, avait pour Van X*** un double avantage : en tirer son profit d'abord et faire enrager ses *sujets* ensuite. M. le bourgmestre ne pouvait laisser échapper une si belle occasion. Sur un signe de lui, ses échevins dociles votèrent pour cette expédition un millier de florins. Il partit, laissant sa bonne ville dans le deuil et les Madeleines éplorées. Je n'ai point de détails sur son séjour à Bruxelles, mais je me figure aisément que ce n'est point une *pieuse retraite* qu'y vint chercher M. le bourgmestre. Nous ne savons encore rien d'officiel sur le résultat de ses démarches, mais, quoi qu'il en soit, le retour de Van X*** mit en émoi la petite ville de........

C'était par un beau jour. Pas un brouillard ; un soleil radieux et gai comme un éclat de rire. La foule, pour respirer un peu, s'était portée aux abords de la gare. Un homme parut tout-à-coup sur le seuil. Un rayon vint en ce moment frapper sa poitrine, qui se mit à scintiller comme un saint-sacrement à la lueur de mille cierges. Cet étrange phénomène éveilla la curiosité. Chacun cherchait à l'expliquer ; à mettre un nom sur le propriétaire de cette poitrine rayonnante. — C'est M. le bourgmestre, dit un dévot, qui revient d'un saint pèlerinage. Et peut-être Dieu a-t-il permis, pour notre édification, que sa piété profonde illuminât ainsi l'insigne du sacré-cœur qu'il porte à sa boutonnière. — Ça, M. le bourgmestre ? répliqua un sceptique ; c'est tout bonnement un commissionnaire. — C'est peut-être, reprit un troisième, un mandarin de deuxième classe, qui porte à son cou l'image du fils du soleil. — Je le reconnais bien, moi, dit un quatrième, c'est Mangin, le marchand de crayons.

Cependant, l'homme s'avançait toujours, majestueux et reluisant. On peut enfin reconnaître M. le bourgmestre. En ce moment, les tambours résonnent, les fanfares éclatent, le canon tonne. Messieurs les échevins, précédés des sergents d'armes, viennent recevoir Van X***. Le héraut lit au milieu du silence de la foule la proclamation suivante :

« Noël ! Noël ! los à M. le bourgmestre ! Nous faisons
» savoir à tous manants et vilains que Sa Seigneurie
» Van X***, bourgmestre de......., vient de recevoir
» de Sa Majesté l'ordre de la *Goutte d'Or*, pour avoir
» arraché aux flots de la Meuse et sauvé, au péril de
» ses jours, trois mille personnes, sept cents chiens,
» quatorze cents chats, et, nouvel Atlas, soutenu sur ses
» épaules cinquante-deux maisons prêtes à s'écrouler.
» Noël ! noël ! los à M. le bourgmestre ! »

On nous écrit à l'instant que ce héraut était un farceur vulgaire.

Nous transmettrons au lecteur le véritable motif de cette distinction.

Antonin BOURGUET.